和比利一起玩

米雅／文圖

三民書局

和比利一起畫圖、念謠和換裝

本書分為「畫圖念謠篇」及「比利、露露換裝篇」

畫圖念謠篇

▌ 請為各頁圖案著色，並參考建議延伸創作。

▌ 每張圖皆搭配一首短謠，可以邊畫邊念誦，享受美感與韻律的豐盛饗宴。

▌ 畫好的圖可以裁剪下來，當作掛畫妝點生活，也適合作為禮物，送給親友。

比利、露露換裝篇

本篇含衣料圖案及紙偶，使用方法如下：

1 取下書末紙偶厚紙板，撕除水藍色區塊，讓帽子、衣服和鞋襪的位置呈鏤空狀。

2 剪開衣料圖案上的兩條虛線，並隨機翻頁，使帽子、衣服和鞋襪呈現不同花色。
接著放上紙偶，享受自由搭配服裝的樂趣。

意猶未盡嗎？
掃描此 QR code，上網下載空白樣板，
替比利和露露設計更多樣的衣料圖案！

花兒開，
香氣來，
好友相聚，
樂開懷！

躲這邊，藏那邊，躲躲藏藏，變不見！

西瓜甜，蘋果鮮，香蕉彎彎，吃不厭！

左看看，右看看，
叭叭叭叭，
轉個彎。

全完顏色，
請說說看，
兩臺車不一樣
的地方。

★ 塗完顏色，你可以幫忙畫顆太陽嗎？

海洋大，
海洋寬，
海浪滔滔，
搖小船。

★ 塗完顏色，請試試看在每一顆蘋果上寫下一個數字。

321，567，

排排順序，

誰第一？

彈高高，輕飄飄，
跳下、飛起，
真奇妙！

★ 塗塗顏色，幫跳床外框設計一些花樣吧！

嗚ㄨ嗚ㄨ嗚ㄨ，嘟ㄉㄨ嘟ㄉㄨ嘟ㄉㄨ，
火ㄏㄨㄛ車ㄔㄜ來ㄌㄞ了ㄌㄜ，請ㄑㄧㄥ讓ㄖㄤ路ㄌㄨ。

★ 塗ㄊㄨ完ㄨㄢ顏ㄧㄢ色ㄙㄜ，請ㄑㄧㄥ在ㄗㄞ火ㄏㄨㄛ車ㄔㄜ頭ㄊㄡ下ㄒㄧㄚ方ㄈㄤ寫ㄒㄧㄝ上ㄕㄤ車ㄔㄜ牌ㄆㄞ號ㄏㄠ碼ㄇㄚ。

★ 塗ㄊㄨˊ完ㄨㄢˊ顏ㄧㄢˊ色ㄙㄜˋ，可ㄎㄜˇ以ㄧˇ把ㄅㄚˇ這ㄓㄜˋ張ㄓㄤ圖ㄊㄨˊ當ㄉㄤ成ㄔㄥˊ禮ㄌㄧˇ物ㄨˋ，送ㄙㄨㄥˋ給ㄍㄟˇ壽ㄕㄡˋ星ㄒㄧㄥ唷ㄧㄛ！

送ㄙㄨㄥˋ禮ㄌㄧˇ物ㄨˋ，點ㄉㄧㄢˇ蠟ㄌㄚˋ燭ㄓㄨˊ，共ㄍㄨㄥˋ享ㄒㄧㄤˇ蛋ㄉㄢˋ糕ㄍㄠ，滿ㄇㄢˇ祝ㄓㄨˋ福ㄈㄨˊ！

肚子餓，
我請客，
吃吃喝喝，
真快樂。

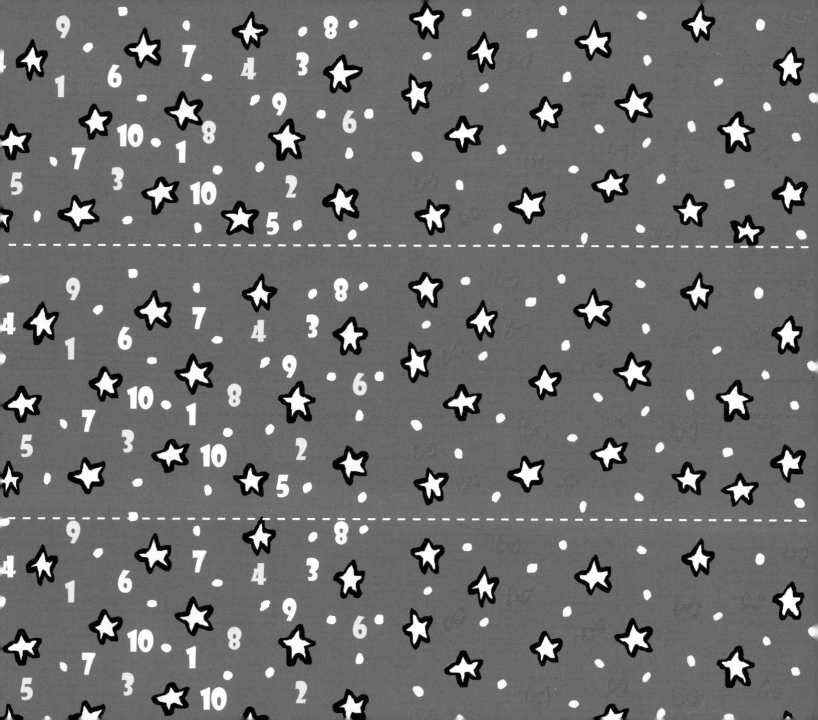

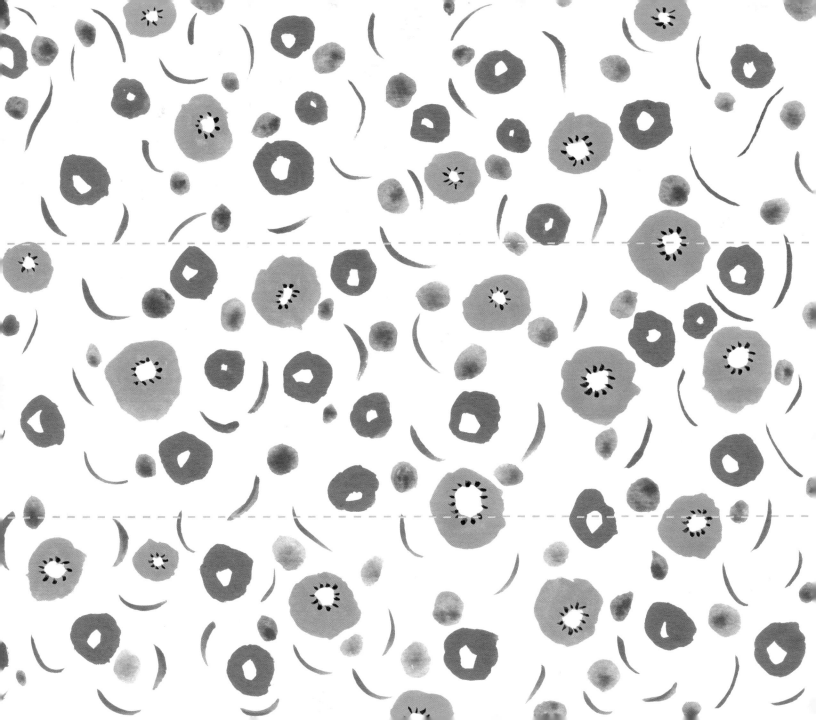

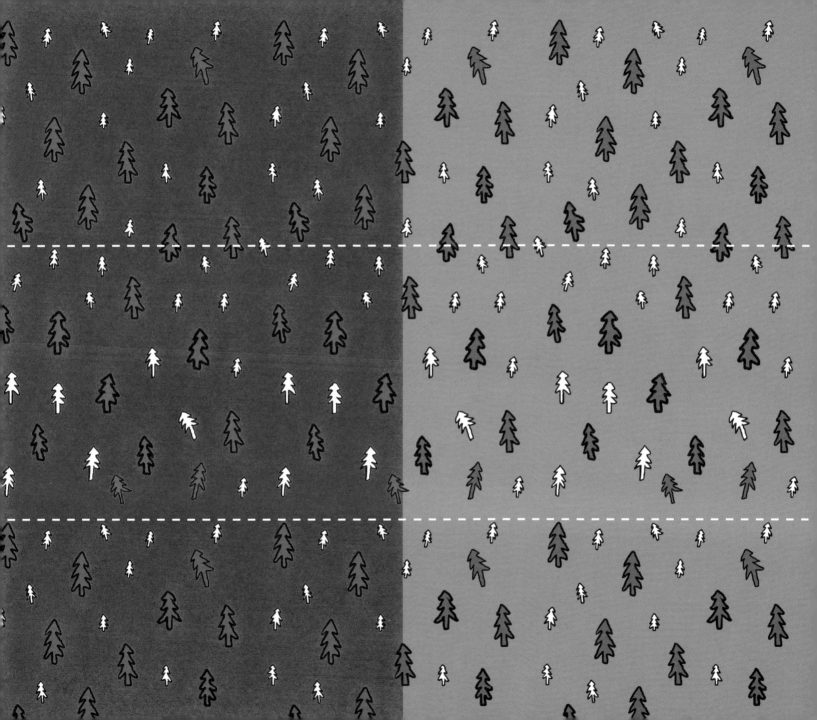

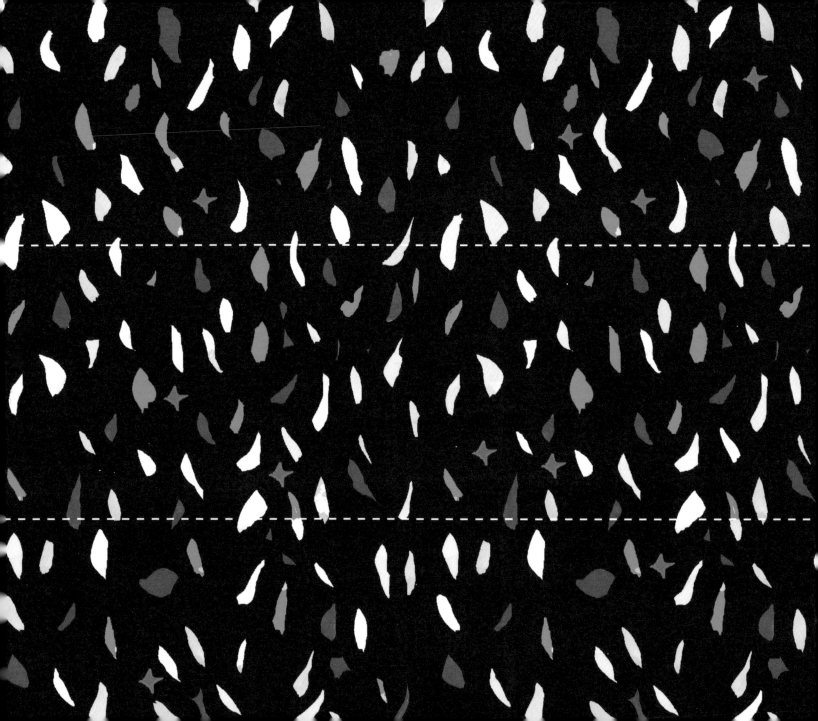